Al ratito, Seño tocó su silbato.

Eso significa que terminó el recreo.

—¡YA VOY! —gritó Castañita.

—¡YA VOY! —gritó Negrita.

—¡YA VOY! —grité yo.

Me fui corriendo al árbol para recoger mis cosas.

Pero ¿sabes qué?

Que ahí vi algo horroroso. Pues eso.

Y se llama: *¡OYE! ¡¡¡¡ALGUIEN ME HA ROBADO MIS MITONES!!!!*

D0595127

Títulos de la serie en español de Junie B. Jones por Barbara Park

Junie B. Jones y el negocio del mono

Junie B. Jones y su gran bocota

Junie B. Jones espía un poquirritín

Junie B. Jones ama a Warren, el Hermoso

Junie B. Jones y el cumpleaños del malo de Jim

Junie B. Jones y el horrible pastel de frutas

Junie B. Jones tiene un monstruo debajo de la cama

Junie B. Jones no es una ladrona

Junie B. Jones tiene un "pío pío" en el bolsillo

Junie B. Jones es una peluquera

Junie B. Jones
no es
una ladrona

por Barbara Park

ilustrado por Denise Brunkus

SCHOLASTIC INC.

New York Toronto London Auckland Sydney
Mexico City New Delhi Hong Kong Buenos Aires

Originally published in English as
Junie B. Jones Is Not a Crook

Translated by Aurora Hernandez.

No part of this publication may be reproduced in whole or in part, or
stored in a retrieval system, or transmitted in any form or by any means,
electronic, mechanical, photocopying, recording, or otherwise, without
written permission of the publisher. For information regarding permission,
write to Writers House, LLC, 21 West 26th Street, New York, NY 10010.

ISBN 0-439-66125-0

Text copyright © 1998 by Barbara Park.
Illustrations copyright © 1998 by Denise Brunkus.
Translation copyright © 2004 by Scholastic Inc.

All rights reserved.
Published by Scholastic Inc., 557 Broadway, New York, NY 10012,
by arrangement with Writers House, LLC.
SCHOLASTIC and associated logos are trademarks and/or
registered trademarks of Scholastic Inc.

12 11 10 9 8 7 6 5   21 22 23 24

Printed in the U.S.A.   40

First Spanish printing, November 2004

Contenido

1 / Sin ninguna razón

Me llamo Junie B. Jones. La B es de Beatrice, solo que a mí no me gusta Beatrice. Me gusta la B, y ya está.

Te voy a contar un cuento.

Se llama "Érase una vez mi abuelo que se llamaba Frank Miller y fue a una tienda y me compró unos mitones".

Érase una vez mi abuelo, que se llamaba Frank Miller y fue a una tienda y me compró unos mitones. Eran negros y peludos.

¿Y sabes qué? ¡Que ni siquiera era mi cumpleaños! ¡Ni Navidad! ¡Ni el Día de San

Valentín! ¡Y los mitones ni siquiera estaban en rebajas!

¡El abuelo Miller los compró sin ninguna razón! ¡Y esa es la mejor razón que he oído en mi vida!

Así es como terminé queriendo mucho al hombre ese.

Y además él también puede dar saltitos con un pie.

Fin.

Me gusta mucho ese cuento.

¿Sabes por qué?

¡Porque ni siquiera me lo he inventado! ¡Por eso!

¡Esta aventura me pasó de verdad de la buena! ¡Mi abuelo Miller me compró los mitones sin ninguna razón!

Y son maravillosos, de verdad.

Cuando los abrí por primera vez, me llené de emoción.

La emoción es cuando corres. Y saltas. Y brincas. Y te ríes. Y das palmadas. Y bailas encima de la mesa del comedor.

Entonces tu mamá te hace bajar de la mesa. Y te lleva castigada a tu cuarto.

Los castigos matan la emoción.

Me puse mis mitones toda la mañana enterita. Y además los llevé puestos al kindergarten de la tarde.

Los llevaba con mi lindísimo abrigo de invierno. Solo que en realidad no hacía mucho frío. Pero ¿qué importa? Porque ese modelito estaba muy *conjuntado*.

Le mostré mis mitones a mi *supermejor* amiga que se llama Grace. Y también se los enseñé a unos cuantos desconocidos.

Cuando llegué a la escuela, puse las

manos encima de mi cabeza. Y corrí por todo el recreo.

—¡MIREN, TODOS! ¡MIREN MIS NUEVOS MITONES! ¡MI ABUELO FRANK MILLER ME LOS COMPRÓ SIN NINGUNA RAZÓN!

Los moví por el aire.

—¡TODOS LOS NIÑOS QUE PUEDAN VER ESTAS COSAS MARAVILLOSAS QUE LEVANTEN LA MANO! —grité.

Nadie levantó la mano.

—¡TODOS LOS NIÑOS QUE PIENSEN QUE ESTOS MITONES SON MARAVILLOSOS QUE DEN UN PASO ADELANTE! —grité.

Nadie dio un paso adelante.

Volví a bajar las manos y fui caminando hacia la tal Grace.

—No pude hacer que tuvieran interés —dije muy tristona.

Pero ¿sabes qué? Que justo entonces, ¡divisé a mi otra *supermejor* amiga que se llama Lucille!

Corrí todo lo rápido que pude para saludarla.

—¡LUCILLE! ¡LUCILLE! ¡MIRA MIS

MARAVILLOSOS MITONES! ¿LOS VES? ¡ESTÁN HECHOS DE PELOS NEGROS!

Lucille los acarició.

—Mi familia tiene muchas prendas de piel —dijo—. Mi mamá tiene una capa de piel. Y mi tía tiene una chaqueta de piel. Y mi tío tiene un sombrero de piel. Y además, mi nana se acaba de comprar un abrigo de visón totalmente nuevo. Solo que no se lo puede poner para salir de casa. Porque la gente le tiraría pintura.

Se me abrió la boca hasta atrás.

—¿Por qué, Lucille? ¿Por qué le iban a tirar pintura a tu nana? —pregunté.

Lucille se cruzó de brazos.

—¿Es que no sabes nada, Junie B.? Es porque a la gente que le gustan los animales que tienen pelo, no les gusta que los conviertan en abrigos para nanas.

Entonces, sentí un alivio muy grande. Porque yo ni siquiera soy una nana, por eso. Y además, mis mitones no están hechos de pelos de animales de verdad. Están hechos de pelos de animales de mentira. Y esos no cuentan.

De repente, sonó la campana de la escuela.

Salí escopeteada a mi salón como una *nave especial*.

Porque ¿sabes qué?

¡Podía mostrar mis mitones a más gente!

¡Por eso!

2/ **Manos peludas**

Le mostré mis mitones a mi señorita.

Se llama Seño.

También tiene otro nombre. Pero a mí me gusta Seño, y ya está.

—Tóquelos, Seño —dije—. Ya verá qué suaves son.

Se los restregué por la cara.

—Oh, qué suaves, Junie B. —dijo—. Guárdalos en los bolsillos de tu abrigo para que no se pierdan, ¿quieres?

Fui dando saltitos muy feliz a mi asiento.

—Ya, solo que ni siquiera los voy a per-der —me dije a mí misma—. Los voy a llevar puestos en mis manos. Todo el día enterito. Porque me encantan estas cosas, por eso.

Me quité mi maravilloso abrigo de invierno. Y me senté en mi mesa.

Entonces le di unos golpecitos a Lucille con mis mitones peludos.

—Hola. ¿Cómo estás? Tengo manos peludas. ¿Las ves, Lucille? ¿Ves mis manos peludas?

Las levanté al aire.

—Así son las manos peludas cuando vuelan por el aire —dije.

Saludé con la mano.

—Así son las manos peludas cuando saludan —dije.

Lucille frunció el ceño.

—Estás muy pesada —dijo.

Entonces me di la vuelta. Y sonreí a un niño que se llama William.

—William, tengo manos peludas. ¿Las ves? ¿Ves mis manos peludas?

Le di golpecitos en la cabeza.

—Así son las manos peludas cuando dan golpecitos en la cabeza —dije.

Justo en ese momento, me levanté de la

silla. Y me fui dando saltitos hacia mi novio que se llama Ricardo.

Le hice cosquillas debajo de la barbilla con mis manos suaves y peludas.

—Así son las manos peludas cuando te hacen cosquillas debajo de la barbilla —dije.

Después sonreí y sonreí. Porque ese chico hace que yo me sienta maravillosa. Por eso.

Muy pronto, Seño se dio cuenta de que yo estaba lejos de mi asiento.

Me agarró de la mano y me llevó marchando de vuelta a mi mesa.

—Así es como son las manos peludas cuando se van marchando a la mesa —dije.

Seño me plantó en mi silla.

Entonces me quitó mis mitones peludos. Y los puso en su mesa.

Yo hice un gran suspiro.

—Así es como son las manos peludas cuando ya no están conmigo donde yo estoy —me susurré a mí misma.

Después de eso, puse la cabeza encima de la mesa.

Y me tapé con los brazos.

Y no levanté la cabeza durante un rato muy largo.

3 / Cafecita

Seño dijo que me devolvería los mitones a la hora del recreo.

Miré y remiré el reloj. Entonces empecé a dar golpecitos en mi mesa. Y pegué varios resoplidos fuertes.

Lucille lo contó todo.

—¡Junie B. está dando golpecitos en la mesa y haciendo resoplidos! ¡Y no me deja concentrarme en mi trabajo! —dijo gruñendo.

Seño vino a mi mesa.

—Hola. ¿Cómo está? —dije un poco

nerviosa—. Yo estoy bien. Aunque en realidad no tengo mis mitones.

Dio pisotones muy rápido.

Eso no era una buena señal. Creo.

Pero ¿sabes qué? Que justo entonces, ¡sonó la campana del recreo!

—¡AY, AY, AY! —grité—. ¡AY, AY, AY! ¡AY, AY, AY! ¡PORQUE AHORA ME DE-VOLVERÁ MIS MITONES! ¿Verdad, Seño? ¿Verdad? ¿Verdad?

Salí *escopeteada* hacia su mesa y me los puse en las manos.

Entonces me restregué esas cosas blanditas en la cara.

—Me encanta volver a estar con ustedes —les susurré en los pelos.

Después, me puse mi maravilloso abrigo de invierno. Y salí dando saltitos hacia mis amigas.

15

Yo y la chismosa de Lucille y la tal Grace jugamos a los caballos en el recreo.

—¡SOY CASTAÑITA! —gritó la tal Grace.

—¡SOY NEGRITA! —gritó Lucille.

—¡SOY CAFECITA! —grité yo.

Pero en ese momento, miré mis mitones.

Fruncí el ceño.

Porque ahí había un pequeño problemita. Creo.

—Ya, pero ¿cómo voy a ser Cafecita? Porque mis patas son negras. Y entonces, voy a ser de dos colores.

Lucille y Grace también fruncieron sus ceños.

—Hmm —dijo Grace.

—Hmm —dijo Lucille.

—Hmm —dije yo.

Justo entonces, la tal Grace empezó a dar palmadas muy emocionada.

—¡Ya sé, Junie B.! ¡Hoy tú y Lucille pueden intercambiar! ¡Hoy Lucille puede ser Cafecita! ¡Y tú puedes ser Negrita! ¡Y así las patas de tu caballo son del color que tienen que ser!

Yo y Lucille miramos y *requetemiramos* a aquella niña. Porque ¿qué tipo de idea era esa?

Hice un resoplido.

—Ya, Grace, solo que ¿cómo voy a ser Negrita cuando ya soy Cafecita? —dije—. Tengo que ser Cafecita durante todo el resto de mi carrera. No puedes cambiar así de golpe y porrazo.

—Eso, Grace, no puedes cambiar así de golpe y porrazo.

La tal Grace parecía avergonzada.

—Ya, claro... ¿en qué estaría pensando? —dijo muy humilde.

Después de eso, todas nosotras nos

sentamos en el pasto. Y nos frotamos las barbillas.

Pensamos y pensamos y *requetepensamos*.

Entonces, de repente, se me iluminó toda la cara.

—¡Oye! ¡Ya sé! ¡Ya sé! ¡Sé *sactamente* lo que tenemos que hacer! —grité.

—¡Empieza otra vez, Grace! ¡Di tu nombre otra vez! ¡Di que eres Castañita!

La tal Grace me miró con curiosidad.

—Soy Castañita —dijo.

Señalé a Lucille.

—Soy Negrita —dijo después.

Di vueltas y piruetas toda feliz.

—¡SOY CAFECITA! —grité—. PERO ¿SABES QUÉ? ¡QUE AYER MI ABUELO CAFECITO ME COMPRÓ UNOS MITONES DE PELOS NEGROS! ¡Y POR ESO HOY SOY DE DOS COLORES DISTINTOS! CREO.

Después, todas nosotras chocamos las palmas. Y empezamos a jugar a los caballos.

Galopamos. Y trotamos. Y resoplamos. Y *requeterelinchamos*.

Pero peor para mí. Porque el sol no paraba de darme en mi cabeza de caballo. Y empecé a estar un poco pegajosa dentro de mi maravilloso abrigo de invierno.

—Creo que voy a morir de *sudoración* —dije.

Así es como terminé trotando hacia un árbol. Y me quité todas mis cosas.

Primero, me quité mi maravilloso abrigo de invierno. Después, me quité mis mitones negros peludos. Y los puse en un montón muy ordenadito.

Entonces, galopé de vuelta hacia mis amigas. Y jugamos y *requetejugamos*.

Al ratito, Seño tocó su silbato.

Eso significa que terminó el recreo.

—¡YA VOY! —gritó Castañita.

—¡YA VOY! —gritó Negrita.

—¡YA VOY! —grité yo.

Me fui corriendo al árbol para recoger mis cosas.

Pero ¿sabes qué?

Que ahí vi algo horroroso. Pues eso.

Y se llama: *¡OYE! ¡¡¡¡ALGUIEN ME HA ROBADO MIS MITONES!!!!*

4 / Nada de mochila de osito

Corrí y corrí alrededor del árbol.

—¡POLICÍA! ¡POLICÍA! —grité—. ¡ALGUIEN LOS HA ROBADO! ¡ALGUIEN ME ROBÓ MIS MITONES!

Seño vino superrápido.

—¡ME LOS ROBARON! ¡ME ROBARON MIS MITONES! ¡POLICÍA! —grité más.

Seño se agachó a mi lado.

—¿Quién, Junie B.? ¿Quién los robó? —preguntó.

—¡Un robador! ¿Quién va a ser? ¡Me los

robó un robador! ¿Qué tipo de escuela es esta? Porque ni siquiera sabía que había delincuentes en este sitio.

Seño me pidió que calmara mi voz.

—Sí, solo que no voy a poder calmarla así por las buenas. Porque tengo roto el corazón. Por eso.

Tener roto el corazón es cuando te salen lágrimas y estás triste.

Miré al piso muy triste.

—Ahora, todo lo que me queda es el tonto de mi maravilloso abrigo.

Seño lo recogió. Luego me agarró de la mano. Y yo y ella empezamos a caminar.

—Ahora mismo, tú y yo vamos a ir a la oficina —me dijo.

Intenté apartar mi mano de la suya muy rápido.

—¡No, Seño! ¡No me dejan ir ahí!

Mamá me dijo que si me mandaban a la oficina una vez más, iba a estar castigada, señorita.

Me salieron lágrimas de los ojos.

—Castigada, señorita, es cuando me tengo que quedar sola conmigo misma —dije—. Aunque también me puedo sentar en la alfombra.

Seño sonrió.

—No te voy a llevar a la oficina del director para castigarte, Junie B. —dijo—. Te voy a llevar allí para ver si recuperamos tus mitones.

Yo tragué saliva.

—¿Director? —pregunté sorprendida—. ¿Director me robó mis mitones?

Seño se rió muy fuerte.

—No, Junie B. Él no te robó los mitones. En la oficina está la caja de Objetos perdidos.

Después de eso, me volvió a agarrar de la mano. Y fuimos *escopeteadas* a la oficina.

En ese sitio hay una señora muy gruñona que escribe a máquina.

No soy muy aficionada a ella.

—Junie B. tiene que mirar en la caja de Objetos perdidos —le dijo Seño—. Por favor, cuando termine, mándela de vuelta al salón.

Entonces Seño se fue al Salón Nueve y me dejó allí solita.

La señora que escribe a máquina me miró por encima del mostrador.

Yo tragué saliva.

—Bueno, lo que pasa es que hoy ni siquiera he sido mala —le expliqué muy nerviosa—. Alguien me robó mis mitones. Y ese es el final de mi cuento.

La señora que escribe a máquina siguió mirándome. No dijo ni una palabra.

Empezó a salirme el sudor por la cabeza.

—Puf, qué calor hace aquí, ¿no? —dije.

Justo entonces, oí que se abría una puerta.

¡Era Director!

¡Estaba saliendo de su oficina!

Salté arriba y abajo al verlo. ¡Porque a ese tipo lo conozco muy bien!

—¡Director! ¡Aquí! ¡Mire! ¡Soy yo! ¡Soy Junie B. Jones! ¡Me robaron los mitones en el recreo! ¡Y por eso Seño me trajo aquí para encontrarlos! Así que, démelos ya y así me voy de aquí, sin hacerle ni una sola pregunta.

Director me miró de forma rara. Luego fue al armario y sacó una caja muy grande.

—Esta es la caja de Objetos perdidos, Junie B. —me explicó—. Cada vez que alguien encuentra algo que se ha perdido, lo trae aquí y lo ponemos en esta caja.

—¿Y eso por qué? —pregunté—. ¿Por qué lo traen aquí en vez de llevárselo a su casa? Porque una vez me encontré una moneda de diez centavos en la calle. Y papá me dijo que la podía meter en el banco. Porque *encontrar* no es lo mismo que *robar*. ¿A que no, Director? Encontrar es tener suerte, amigo.

Director se rió un poquito.

—Bueno, encontrar una moneda de diez centavos en la calle no es lo mismo, Junie B. —dijo—. Por un lado, sería casi imposible descubrir quién es el dueño de la moneda. Y por otro lado, perder una moneda de diez centavos no es tan importante. Pero cuando alguien pierde algo personal, como por ejemplo, los mitones, entonces eso sí que es importante. Y por eso, si alguien encuentra esos mitones, los pueden traer a la caja de Objetos perdidos, y el dueño los recupera.

27

Sonrió.

—Y así todos están felices y contentos, Junie B. —dijo—. El dueño está contento porque ha recuperado sus mitones. Y la persona que los encontró está contenta porque ha hecho una buena acción.

Señaló un papel que estaba pegado a la caja.

—¿Ves esto? Es un poema que escribió un niño de tercero sobre la caja de Objetos perdidos. Dice:

"Si encuentras cosas,
tráelas deprisa
y todo el día,
llevarás una sonrisa".

Yo fruncí el ceño.

—Sí, pero aquí hay un problema. Que yo

no *perdí* mis mitones. Me los robaron adrede. Y por eso nadie los va a traer aquí. Creo.

Director levantó las cejas.

—Bueno, nunca se sabe, Junie B. ¿Por qué no miras, a ver si están ahí?

Abrió la caja.

Y entonces mis ojos se abrieron hasta atrás.

¡Porque la caja estaba llena de las cosas más maravillosas que he visto en toda mi carrera!

¡Había suéteres! ¡Y sudaderas! ¡Y gorras de béisbol! ¡Y guantes! ¡Y pelotas! ¡Y una lonchera! ¡Y una bufanda! ¡Y lentes de sol! ¡Y un reloj de Mickey Mouse!

¡También había una mochila con un osito de peluche!

—¡OOOOH! ¡SIEMPRE QUISE TENER UNA DE ESTAS! —grité muy emocionada.

Si encuentras cosas,
tráelas deprisa
y todo el día,
llevarás una sonrisa.

Me la puse en la espalda y di saltitos por toda la oficina.

—¿Qué tal se ve ahí atrás? —pregunté.

Director vino corriendo hacia mí.

Me quitó el osito de la espalda. Y lo volvió a poner en la caja.

—Estamos buscando tus mitones ¿te acuerdas?

Justo entonces, me volví a sentir mal. Porque casi se me habían olvidado las cosas esas peludas. Por eso.

—Ah... sí... mis mitones —dije muy tristona.

Miré en la caja un poco más.

—Aquí no están —dije—. Mis mitones han desaparecido para siempre jamás. Creo.

Hice un gran suspiro.

—A lo mejor, me puedo llevar esto en su lugar —dije—. Porque esta mochila de osito me aliviará los dolores. Creo.

Director dijo que no.

—¿Y eso por qué? —pregunté—. Porque seguro que el dueño ya no la quiere. Su mamá ya le compró una mochila nueva de osito. Creo. Y por eso, esta se va a echar a perder.

Director me levantó y me dio media vuelta hacia la puerta.

Eso quería decir que me iba. Creo.

—Vuelve mañana a buscar otra vez tus mitones —dijo.

Yo hablé muy rápido.

—Sí, pero no se olvide de algo. Yo antes tenía una mochila como esa. A lo mejor. Pero después la perdí. Creo. Y por eso, es mejor que me lleve esta a mi casa. Porque si no, mi mamá se va a enojar.

Director me llevó hasta la puerta. Me puso mirando al pasillo.

—Adiós, Junie B. —dijo.

Mi cabeza se quedó colgando toda desilusionada.

Porque ¿sabes qué?

Que adiós quiere decir que nada de mochila de osito.

5 / Gárgaras y garabatos

El Salón Nueve está lejísimos de la oficina de Director.

Tuve que parar en la fuente del agua. Porque si no, no iba a llegar.

Apreté el botón del agua con mi dedo gordo.

Luego saqué mis labios hacia fuera. Y aspiré el agua.

Ni siquiera puse mi boca en la salida del chorrito. Porque en esa cosa hay suciedad de labios, claro.

Me salpiqué el agua por todas mis mejillas.

Luego eché la cabeza hacia atrás. *Y hice* unas gárgaras.

Soy una experta en gárgaras. Solo que el agua no se queda en mi boca de verdad.

Sale por los lados y acaba en el suelo.

La pisoteé con mi pie.

En ese momento, vi algo maravilloso ahí abajo.

—¡Oye! ¡Esta es una de esas plumas *utomáticas* que escribe en cuatro colores diferentes! —dije.

La agarré superrápido y apreté el botoncito rojo de arriba.

Salió una pluma roja por abajo.

Garabateé garabatos rojos en mi mano.

—¡*Yupi-yupi-yei!* ¡Me encanta esta cosa! —dije.

Después de eso, apreté el botón verde y garabateé garabatos verdes. Y apreté el botón

azul y garabateé garabatos azules. Y además
también apreté el botón negro y garabateé
garabatos negros.

—Con esta pluma, hacer garabatos es un placer —dije.

La metí en mi bolsillo y me fui dando saltitos al Salón Nueve.

Pero peor para mí. Porque de repente, me acordé de la caja de Objetos perdidos.

Me detuve.

—¡Oh, no! Ojalá que no me hubiera acordado de eso —dije—. Ahora tengo que llevar mi pluma a la caja de Objetos perdidos. Porque si no, me saldrá una *antisonrisa* en la cara.

Fruncí el ceño. Porque aquí había algo que no tenía sentido. Por eso.

—Sí, pero en realidad yo ya tenía una *antisonrisa* en la cara —dije—. Tenía la *antisonrisa* cuando vi la cosa esta tan maravillosa. Y por eso, si la llevo a la oficina, me voy a poner muy triste.

Me di golpecitos en la barbilla.

—Hmm. A lo mejor Director se ha hecho un lío con todo esto —me dije a mí misma—. Estoy segura de que estará más contento si no la devuelvo.

»Y además estoy pensando otra cosa. Estoy pensando que quien fuera el dueño de esta pluma, no la estaba cuidando muy bien. Así que le voy a dar un buen hogar. ¿Qué puede haber mejor que eso?

La saqué de mi bolsillo y la miré.

—Además esto tiene sentido. Porque primero, me robaron los mitones. Y luego no me dejaron quedarme con la mochila de osito. Y por eso, quedarme con esta pluma es justo y necesario.

De repente, se iluminó toda mi cara. Porque se me acababa de ocurrir otra poesía. Por eso.

¡Y se llama *Santa Rita, Rita, lo que se encuentra, no se quita*!

38

—¡*Santa Rita, Rita, lo que se encuentra no se quita!* —dije muy contenta—. ¡*Santa Rita, Rita!*

Después salté arriba y abajo muy feliz. ¡Porque todo el mundo sabe eso! ¡Y la regla *Santa Rita, Rita* es la que cuenta! ¡Seguro!

Entonces, me volví a meter la pluma en el bolsillo.

Y seguí dando saltitos hasta el Salón Nueve.

6/ La cartera de mi abuelo

Me guardé la pluma en mi bolsillo durante el résto del día.

No quería que nadie la viera. Porque si no, irían con el chisme a Seño y ella me obligaría a llevarla a la caja de Objetos perdidos.

Me porté muy requetebién. Porque no quería *llamar la tensión*. Por eso.

Tenía la mano en el bolsillo todo el rato para que no se cayera la pluma.

También seguí pensando en mis mitones.

Porque extrañaba a esas cosas peludas.

Puse la cabeza encima de la mesa.

—A lo mejor el abuelo Miller me puede comprar más mitones peludos —susurré—. Porque esa sería la solución perfecta. Creo.

Levanté la cabeza.

—¡Oye, claro! Entonces tendría mis maravillosos mitones nuevos, y además mi maravillosa pluma nueva. ¿Y qué más puedo pedir? ¡Eso es lo que quiero saber!

Me senté toda estirada en mi silla y le di golpecitos a Lucille.

—¿Sabes qué, Lucille? A lo mejor mi abuelo Miller me puede comprar unos mitones nuevos. Y entonces se acabarán todos mis problemas.

Lucille dijo *chupi-yei*.

—Ya sé que es *chupi-yei* —dije emocionada—. Gracias por tu apoyo.

*   *   *

Después de la escuela, yo y mi *supermejor* amiga que se llama Grace fuimos juntas en el autobús.

Salí corriendo desde mi esquina como una bala atómica.

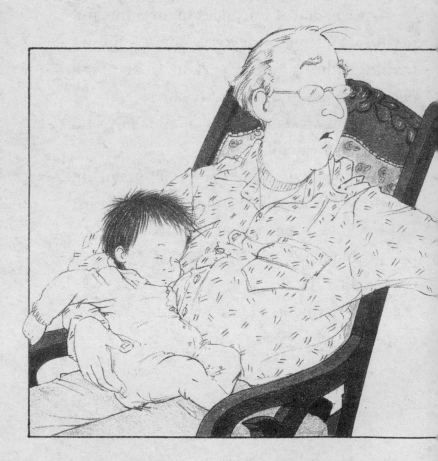

Mi abuelo Frank Miller estaba cuidando a mi hermano que se llama Ollie.

—¡ABUELO FRANK MILLER! ¡ABUELO FRANK MILLER! ¡TENEMOS QUE IR A LA TIENDA DE LOS MITO-

NES! ¡TENEMOS QUE IR A LA TIENDA DE LOS MITONES! —grité muy fuerte.

El abuelo Frank Miller estaba en la sala meciendo a Ollie.

Me miró de forma rara.

—¿Ir adónde? —preguntó.

—¡A LA TIENDA DE LOS MITONES! ¡A LA TIENDA DE LOS MITONES! ¡VAMOS A LA TIENDA DE LOS MITONES!

Le jalé de la mano.

—¡LEVÁNTATE! ¡LEVÁNTATE! ¡TENEMOS QUE PONERNOS LAS PILAS!

El abuelo Miller me miró confundido.

Así es como terminé sentándome. Y le expliqué lo que había pasado en la escuela.

—Alguien me robó los mitones —dije—. Me los robaron cuando yo era Cafecita. Y yo ni siquiera sabía que en ese sitio había delincuentes.

El abuelo Frank Miller movió su cabeza de un lado a otro muy triste.

—Supongo que en todas partes hay ladrones, mi amor —dijo.

—Ya lo sé —le dije—. Por eso no voy a volver a ver esas cosas peludas nunca más en mi vida. Y por eso tú y yo tenemos que ir a la tienda de mitones.

Toqué su bolsillo de atrás. Entonces empecé a bailar muy emocionada.

—¡Bravo! —grité—. ¡Bravo por tu cartera gordota! Porque ahí tienes dinero, ¿verdad, abuelo? ¿Verdad? ¿Verdad?

El abuelo Frank Miller se rió.

—Sí, tengo dinero. Tengo dinero en efectivo —dijo—. Pero me temo que no te puedo comprar otros mitones. Los que te compré eran los últimos que quedaban. Te compré el último par.

Justo entonces, se me chorreó toda la felicidad de mi cuerpo. Porque yo ni siquiera contaba con este suceso tan horrible.

—Ya, solo que tenemos que hacerlo, abuelo. Tenemos que comprarme más mitones peludos. Porque si no, ¿qué vamos a hacer?

El abuelo Miller me despeinó con la mano.

—¿Has buscado en la caja de Objetos perdidos? —preguntó.

Yo resoplé enojada.

—Sí, solo que esa cosa tonta no vale para casi nada. Porque la gente no siempre devuelve las cosas.

Acaricié la pluma que tenía en el bolsillo.

—Y yo sé lo que digo —dije muy bajito.

—Ya veremos. Tus mitones todavía pueden aparecer —dijo—. A veces, la gente te sorprende.

Entonces me contó un cuento de su cartera.

—Hace unos años, perdí mi cartera en el centro comercial. Estaba seguro de que nunca más la volvería a ver —dijo.

Yo moví la cabeza de arriba abajo.

—Ya lo sé. Porque eso es *Santa Rita, Rita, lo que se encuentra, no se quita* —dije—. La regla de *Santa Rita, Rita*. ¿Verdad, abuelo?

El abuelo Miller sonrió.

—Bueno, esa regla a lo mejor vale para algunas personas —dijo—. Pero, afortunadamente, no vale para todas. Porque al día siguiente, cuando salí a recoger mi correo, ¡allí estaba! ¡Mi cartera estaba dentro mi buzón! ¡Y no faltaba ni un centavo!

Sus ojos parecían felices y brillosos.

—¿Te puedes imaginar eso, hijita?

—preguntó—. Alguien pudo haberse quedado con todo lo que había dentro. Pero en vez de hacer eso, vino hasta mi casa. Y la puso en mi buzón.

Justo entonces, metió la mano en su bolsillo de atrás y sacó su cartera.

—Mira lo que habría perdido si no me la hubieran devuelto —dijo.

Sacó una foto de su cartera. Y me la dio.

—Eres tú y un bebé —dije.

—No cualquier bebé —dijo—. ¡Eres tú, Junie B.! Esa es la foto de la primera vez que te cargué en mis brazos.

Volvió a tomar la foto y la miró y *requetemiró*.

—Devolverme la cartera es lo mejor que ha hecho un desconocido por mí —dijo muy bajito.

Luego se volvió a inclinar hacia delante. Y me dio un beso en la frente.

7/ La niña rosada y cursi

Después de hablar con mi abuelo, me fui a mi cuarto.

Cerré la puerta en secreto.

Entonces saqué mi pluma maravillosa del bolsillo. *Y hice* un suspiro gordo.

Porque estaba llena de confusión. Por eso.

—Ojalá que nunca hubiera oído la historia de la cartera —dije—. Porque por lo visto la regla *Santa Rita, Rita,* no es la buena. Y por eso, ahora resulta que debo ser una *robona.*

Miré a mi pluma maravillosa.

—Bueno, lo que pasa es que yo no me

siento como una ladrona. Me siento como que he tenido suerte, amigo. Pero tengo que llevar esta cosa a la caja de Objetos perdidos. Creo. Y se convertirá en un desperdicio, como la mochila de osito.

De repente, oí a mamá y a papá que llegaban del trabajo.

Escondí mi pluma muy rápido, debajo del colchón. Porque esos dos no entenderían mi situación.

Entraron en mi cuarto y me dieron un beso de hola.

Les conté lo que había pasado con mis mitones.

Entonces les rogué y supliqué que me llevaran a la tienda. Pero mamá dijo "ya no quedan más". Y papá también dijo "ya no quedan más". Así que parece ser que ya no quedan más.

Así es como volví a estar toda *depresio-nada*. Y ni siquiera iba a dormir bien esa noche.

Seguí preguntándome quién sería el *robón* de mitones. Y qué aspecto tendría. Porque ya he visto muchos *robones* en la tele. Son grandototes y malos, con muchos tatuajes por todas partes.

Entonces, me senté en mi cama.

Porque se me acababa de *escurrir* una buena idea. ¡Por eso!

—¡Oye! ¡Un tatuaje seguro que se puede ver fácilmente! —dije—. Y por eso, a lo mejor mañana puedo encontrar al *robón* en el recreo.

Después, me fui directamente a dormir. Porque necesitaba toda la energía necesaria para ir en busca del *robón* perdido.

* * *

Al día siguiente, en el recreo, no jugué a los caballos con Lucille y la tal Grace.

Me dediqué a correr por todo el recreo buscando al *robón* de mitones.

Pero peor para mí. Porque casi todos los chicos tenían puestas sus chamarras. Y por eso no pude ver a ningún *robón* con tatuajes.

Al ratito, sonó la campana.

Entonces, mis ojos se llenaron de lágrimas. Porque nunca más volvería a ver mis mitones. Nunca jamás de los jamases.

Empecé a caminar hacia el Salón Nueve.

Mi nariz goteaba y moqueaba.

Me limpié con la manga de mi maravilloso abrigo.

Y de repente, una niña rosada y cursi me adelantó dando saltitos.

Llevaba un vestido rosado de lo más cursi. Con calcetines cursis rosados y zapatos cursis. Y un abrigo cursi de piel rosada cursi.

¿Y sabes qué?

¡QUE EN SUS BOLSILLOS ROSADOS CURSIS LLEVABA UNOS GUANTES PELUDOS NEGROS!

¡Mis ojos se abrieron hasta atrás!

—¡OYE! ¡MIS MITONES! ¡MIS MITONES! ¡MIS MITONES! —grité muy fuerte.

Entonces agaché la cabeza. Y salí *escopeteada* directamente hacia ella, como un toro bravo.

Seño me vio correr. Me agarró por mi maravilloso abrigo de invierno.

Yo salté arriba y abajo y señalé.

—¡ESA NIÑA ROSADA Y CURSI ME ROBÓ MIS MITONES! ¡ES UNA *ROBONA!* ¡SOLO QUE SU ABRIGO LE TAPA EL TATUAJE! ¡Y POR ESO LA IBA A ATRAPAR!

Seño llamó a la niña rosada y cursi.

Vino hacia donde estábamos dando saltitos.

Yo seguí saltando.

—¡TÚ LOS ROBASTE! ¡TÚ ME RO-
BASTE MIS MITONES! —dije.

—No, de eso nada —dijo—. Yo no robé
nada. Yo encontré estos mitones. Estaban

en el pasto. Y por eso pensé que nadie los quería.

—¡Yo los quería! —grité—. ¡Yo los quería! Mi abuelo Miller me los compró sin ninguna razón. Y me los he estado poniendo todos los días. Y toda la noche. Y a eso se le llama romper el corazón, señorita.

Seño me pidió que bajara la voz.

Le quitó los mitones a la niña rosada y cursi. Y me los dio.

Luego se agachó. Y habló, muy seria, con la niña rosada y cursi.

—Aunque pensaras que nadie quería esos mitones, no debiste haberlos tomado —le dijo.

La niña rosada y cursi me señaló.

—Pero ella no los estaba cuidando bien —dijo.

Yo di un pisotón.

—¡Sí, señora! ¡Los estaba cuidando muy bien! Los dejé junto a mi maravilloso abrigo de invierno. ¡Porque ni siquiera sabía que en este sitio había *robones*!

Seño me pidió que me callara.

—Debiste haberlos llevado a la caja de Objetos perdidos —le dijo a la niña rosada y cursi.

—¡Eso! ¡Porque entonces yo los hubiera encontrado cuando miré ahí! —dije—. ¿Para qué crees que sirve esa caja? ¿Para decorar?

La niña rosada y cursi empezó a llorar.

—Pero es que a mí me encantan un montón —dijo.

Seño le acarició el pelo con la mano.

—Me parece que ese no es el asunto —dijo.

—Eso, nos parece que ese no es el asunto —dije—. Porque por lo visto, la regla *Santa*

Rita, Rita no es la que vale. Y por eso, de ahora en adelante, si encuentras mis cosas, las tienes que llevar a la caja de Objetos perdidos. Además también las puedes poner en el buzón de mi abuelo.

Seño me miró durante un rato muy largo.

Me dijo que le estaba *poniendo de los nervios*.

Después de eso, tomó a la niña rosada y cursi de la mano. Y se fueron a hablar con su señorita.

Me puse mis mitones muy rápido.

Luego enterré mi cara en sus pelos negros.

Y bailé por todas partes feliz.

8/ Yo no soy una *robona*

Al día siguiente, fui a la oficina de Director.

La señora gruñona que escribe a máquina me miró por encima del mostrador.

Yo me mecí de adelante a atrás sobre mis pies.

—Sí, pero otra vez no me he portado mal —dije—. Solo tengo que ir a la caja de Objetos perdidos, y ya está.

La señora gruñona abrió el armario. Sacó la caja grande.

Justo entonces, sonó el teléfono. Y corrió a contestarlo.

Rápidamente, me agaché y metí las manos en la caja de Objetos perdidos.

Entonces mi corazón se puso a cien de la alegría. Porque volví a ver la mochila de osito. ¡Por eso!

Restregué mi cara por su panza.

—Mmm... me sigue encantando el blandito este —susurré.

Me lo puse en la espalda y di saltitos alrededor.

La señora gruñona que escribe a máquina colgó el teléfono.

—¿También has perdido eso? —me preguntó—. ¿Por eso estás aquí?

Me quedé ahí parada y parada.

—¿Y bien? —dijo.

Al final, hice un suspiro grande.

Después me fui caminando muy lentamente hacia la caja. Y me quité la mochila de osito.

—No —dije—. No es por eso.

Entonces, metí la mano en el bolsillo. Y
saqué mi pluma maravillosa.

—Encontré esto —dije—. Estaba en el

piso, cerca de la fuente del agua. Y de verdad, de verdad que me encanta. Pero ese no
es el asunto.

Luego tomé mucho aire. Y dejé caer mi

pluma maravillosa en la caja de Objetos perdidos.

—Yo no soy una *robona* —dije un poco bajo.

La señora gruñona que escribe a máquina me miró de forma más amable. Me despeinó el pelo con la mano.

—No —dijo—. Por supuesto que no eres una ladrona.

Después de eso, me mecí sobre mis pies hacia adelante y hacia atrás un poco más. Y esperé y esperé y *requetesperé*.

La señora gruñona que escribe a máquina levantó las cejas.

—Estoy esperando a la sonrisa —le expliqué—. Pero parece que viene con retraso.

Se rió muy fuerte.

Entonces fue cuando la sentí.

La sonrisa.

¡Vino a parar a mi cara!

—¡Oiga! ¡Funciona! ¡Funciona! —dije con voz chillona.

Salí de la oficina dando saltitos muy contenta.

Entonces, la señora que escribe a máquina abrió la puerta. Y salí dando saltitos hasta el Salón Nueve.

¿Y sabes qué?

¡Que ni siquiera me encontré una pluma que escribe en cuatro colores distintos!

¡Y eso es un alivio muy grande!

Barbara Park dice:

"*Santa Rita, Rita... lo que se encuentra no se quita.*

Me encantaba esa rima cuando era pequeña. Cuando me encontraba algo en la calle, me iba a mi casa cantando '*Santa Rita, Rita, lo que se encuentra no se quita...*'

Entonces llegó el día en que sin querer se me olvidaron mis zapatos rojos nuevos en el baño de las niñas de la escuela. Y cuando volví a recogerlos, habían desaparecido.

Ahora, otra persona estaría cantando el '*Santa Rita, Rita*'. Y de pronto, ¡ya no me gustaba nada la rima!

¡Y sigue sin gustarme!

(Y al final de este libro, a Junie B. Jones tampoco)".